Vive
les punitions!

Guy Jimenes
Couverture de Christophe Besse
Illustrations d'Emmanuel Cerisier

Vive les punitions !

RAGEOT

Cet ouvrage a été imprimé sur un papier
issu de forêts gérées durablement,
de sources contrôlées.

Couverture : Christophe Besse.

ISBN 978-2-7002-3536-4
ISSN 1951-5758

À tous les abonnés aux lignes.

Puni !

En ce temps-là, je veux dire l'année dernière, quand j'étais au CM1 avec M. Barillet, les punitions pleuvaient. Arnaud, Lætitia et Nicolas étaient ceux qui en récoltaient le plus.

Moi, cela m'était arrivé un matin pendant la petite récréation avant la cantine.

Notre salle de bibliothèque n'a pas de fenêtre, c'est une sorte de grand débarras sombre. En passant devant, je trouve la lumière allumée. Je jette un coup d'œil à l'intérieur et je ne vois personne.

Alors j'appuie sur l'interrupteur. Je commence à m'éloigner quand j'entends un grand vacarme – quelque chose qui vient de s'écrouler – et la voix de M. Barillet dans le noir :

– Quel est le con qui a éteint ?

Je me fige, la peur au ventre. Je suis tenté de fuir en courant, mais M. Barillet fera une enquête, et il lui suffira de me regarder pour comprendre que c'est moi le... enfin : celui qu'il recherche.

Déjà, il sort comme un fou de la bibliothèque. La large mèche de cheveux, qu'il ramène d'habitude d'un côté vers l'autre de son crâne chauve, lui pend sur l'épaule. Il lève le bras sur moi comme pour me frapper mais se contente de serrer le poing et de le brandir au-dessus de ma tête :

– Regarde, regarde ce que tu as fait... Ah ! tu peux être fier !

Il rallume la lumière de la salle de bibliothèque et me montre le désastre : une étagère renversée, des livres éparpillés... Je ne comprends pas, je n'y suis pour rien.

– J'ai failli tout me prendre sur les pieds ! vocifère M. Barillet.

Je ne l'écoute pas. Je ne peux pas l'écouter. Il crie trop. J'acquiesce à ce qu'il dit. J'attends que l'orage passe.

– Et cesse de hocher ainsi la tête comme un âne que tu es. Tu me copieras cent fois *Je ne dois pas m'amuser à enfermer le maître dans le noir.*

Il faut être juste, M. Barillet est le plus souvent agréable et de bonne humeur. Mais quand il se met en colère, gare aux lignes !

Parce que c'est sa manie les *Je dois* ou les *Je ne dois pas* à copier cent fois. *Je ne dois pas parler à mon voisin de table. Je dois écouter pendant la classe. Je ne dois pas courir dans le couloir. Je dois apprendre ma poésie. Je ne dois pas dire de gros mots...*

Et comme notre maître est aussi le directeur, il fait régner la terreur dans toute l'école avec ses menaces de punitions.

Moi, c'est la première fois qu'il m'attrape. Luttant pour refouler mes larmes, je réussis à balbutier :

– M'sieu, je revenais des toilettes. J'ai vu la lumière allumée. Je ne savais pas que vous étiez à l'intérieur.

M. Barillet me regarde durement. Je dis encore :

– Je ne l'ai pas fait exprès.

Cette fois, le maître se radoucit.

– Bon, eh bien, cela ne change pas grand-chose, maugrée-t-il. Tant pis pour toi, la prochaine fois tu feras attention. Tu me copieras cent fois *Je dois me mêler de ce qui me regarde.* Quel besoin avais-tu d'éteindre cette lumière ?

Je voudrais lui expliquer qu'on agit toujours de cette façon, chez moi ; mes parents disent qu'il ne faut pas gaspiller l'électricité. Mais c'est fini : M. Barillet remet ses cheveux en place et m'ordonne de filer.

Dans les rangs pour rejoindre la cantine, je dis à Nicolas que Barillet m'a puni. Arnaud est déjà au courant, il vient d'entendre le maître raconter à ses collègues comment, en avançant dans le noir, il s'est pris les pieds dans un coin de la moquette et a violemment heurté l'étagère de livres qui ne devait pas très bien tenir.

Nicolas est dégoûté :

– C'est injuste que Barillet t'ait collé cent lignes. Ce n'est pas de ta faute si l'étagère était mal accrochée.

Arnaud m'adresse un clin d'œil :

– Allez, avoue que tu as fait exprès de lui éteindre la lumière…

Je proteste avec véhémence :

– T'es pas fou ! Si tu crois que je m'amuse à ce genre de…

– Hé, du calme, m'interrompt Arnaud en rigolant, je plaisantais. C'est vraiment facile de te chambrer : toi, tu gobes tout !

Et, redevenu sérieux il ajoute :

– Il y en a marre de Barillet. On est nuls de le laisser nous punir tout le temps.

Arnaud sait de quoi il parle…

À la cantine je ne mange presque rien. Je mens à Denise, la dame de service, qui insiste pour que je termine mon plat de lentilles :

– Ça ne passe pas, j'ai mal à la gorge.

– Oh, toi, tu nous couves quelque chose, dit Denise en s'éloignant.

Arnaud me regarde avec insistance.

– Malade mon œil. C'est ta punition, hein ?

– Non. Je n'ai pas faim, c'est tout. D'abord, elles sont dégueulasses leurs lentilles, elles nagent dans le potage.

J'espérais déclencher le rire d'Arnaud avec ma rime en *-age*. Il me regarde droit dans les yeux.

– Ne t'inquiète pas, vieux. Cent lignes, c'est vite fait. Il suffit de s'organiser.

Je déteste qu'il m'appelle « vieux ». Il le sait. Mais il dit qu'il imite Gérard Depardieu, que cela fait plus viril. C'est tout Arnaud, ça, ces airs supérieurs qu'il se donne.

Non, il n'a même pas besoin de se les donner, il les a naturellement. Il est supérieur en tout : meilleur à l'école dans toutes les matières ; meilleur aussi dans ses nombreuses activités (hockey en salle, musique, club d'échecs) – du moins le prétend-il, on n'est pas là pour vérifier…

Arnaud est également le roi de la parole : il raconte sans arrêt des trucs incroyables, aussi bien sur le basket américain (il regarde tous les matchs sur Canal Plus), que sur le rap (il connaît par cœur des textes entiers de MC Solaar et quand il vous débite en moins de deux secondes : « L'NMIACCd'HETCK72KPDP[1] », attention les oreilles !).

En juillet, à peine arrivé, il est allé voir le Blues Brothers Band au festival de jazz. Bon c'est sûr, ils se sont caillés en plein air, ses parents et lui, Orléans ce n'est pas Perpignan, mais il a trouvé le concert génial. Est-ce qu'on connaissait les Blues

1. L'ennemi a cessé d'acheter ses cassettes de cape et d'épée.

Brothers ? Sinon, il était prêt à nous enregistrer une cassette.

La fois où *Les Tontons flingueurs* est passé à la télévision, Arnaud nous a refait tout le film le lendemain, avec les bruitages marrants des pistolets et les imitations de Robert Dalban : « Exkiouzmi, Seur ».

Celui qu'il imite le mieux, c'est Théo, le tueur, quand il dit « La bave du crapaud n'empêche pas la caravane de passer » avec l'accent allemand : « La paf du crapo… »

Dans la cour, il m'est arrivé d'entendre M. Barillet et la maîtresse des CE2 qui discutaient d'Arnaud :

– Quel agité, celui-là, hein… Un vrai moulin à paroles !

– Quand il est comme ça, il faudrait pouvoir lui enlever les piles.

– Mais il est toujours comme ça, s'est exclamé M. Barillet. Cela dit, c'est un gamin extrêmement brillant.

Cette histoire de débrancher les piles et de gamin brillant m'a fait réfléchir. J'ai pensé à une lampe, parce que c'est vrai que les jours où Arnaud est absent, on a l'impression qu'il y a un peu moins de lumière. Rien à voir, cependant, avec l'interrupteur de la bibliothèque, ce n'est pas la catastrophe ! Il nous manque, bien sûr, mais en même temps on se retrouve avec les autres copains, comme Nicolas, et on rejoue à nos anciens jeux.

Arnaud

Oui, Arnaud est vraiment très fort pour les bêtises. Les siennes sont assez particulières. Elles ne consistent pas seulement à oublier le cahier de sciences ou à courir dans les couloirs.

Un jour, à la cantine, il a pris la bouteille de vin des maîtres et s'en est servi un demi-verre qu'il a bu cul sec, comme un adulte, avant de le reposer d'un air dégoûté en prétendant que les vins par chez lui sont bien meilleurs, « pas comme cette piquette ».

Cinq ou six fois déjà, M. Barillet lui a donné une punition. Arnaud a toujours eu l'air de s'en moquer et on a senti que cela énervait le maître. Exactement ce que Arnaud recherchait.

– Votre Barillet, il ne me fait pas peur. C'est un rigolo. À Limoges, Kalachnikov n'avait même pas besoin de nous punir.

– C'était ton maître ?

– Non, ma maîtresse.

Une chose m'étonnait :

– À Limoges ? Je croyais que tu étais de Perpignan.

– Je suis de Perpignan. Mais l'an dernier, nous étions à Limoges : mon père avait trouvé un boulot super mieux payé.

On s'y perdait, dans les déménagements de la famille d'Arnaud.

– Alors, Kalachnikov...

– Une brune aux ongles rouges, expliqua-t-il, des cils de trois mètres et des pantalons de cuir. Elle terrorisait tous les élèves, sauf moi. Elle avait un faible...

Nicolas me lança un coup d'œil. Arnaud l'agaçait à toujours se vanter.

– Au début du trimestre, Kalachnikov nous donnait une feuille avec dix cases blanches. Chaque fois qu'on se comportait mal, on devait tracer une croix dans une ou plusieurs cases.

– Bof, dit Nicolas, je ne vois pas ce qu'il y a de si terrible.

– Attends, tu vas comprendre. Une fois, mon copain Saïd n'avait pas appris sa poésie. Kalachnikov lui a d'abord mis un zéro, puis elle lui a demandé : « Alors ? Combien de cases pour une leçon non apprise ? » Saïd s'est complètement affolé, il a répondu n'importe quoi : « Trois cases, madame. » On trouvait tous que c'était trop. Kalachnikov nous a ordonné de nous taire : « Laissez votre camarade évaluer seul sa faute. Il sait très bien, au fond de lui, combien de croix il mérite. » Du coup, Saïd a paniqué davantage, surtout que Kalachnikov le regardait toujours fixement, alors il a coché toutes les cases qui lui restaient, cinq ou six je ne sais plus…

– Non !

– Si ! Et ce n'est pas fini. La semaine d'après, Kalachnikov l'a encore interrogé. Cette fois, Saïd avait travaillé comme un dingue et il savait sa poésie. Il a cafouillé vers la fin et elle ne lui a mis que huit sur dix, avant de lui demander : « Eh bien Saïd, combien vas-tu pouvoir gommer de croix pour une poésie bien apprise ? » Cet idiot de Saïd n'a osé en effacer qu'une. « Tu vois, a constaté Kalachnikov, ce n'est donc pas une chose si extraordinaire d'apprendre sa leçon. »

Au souvenir de Kalachnikov, Arnaud tordait la bouche avec dégoût.

– Je préfère encore votre Barillet, conclut-il, et son système de punitions.

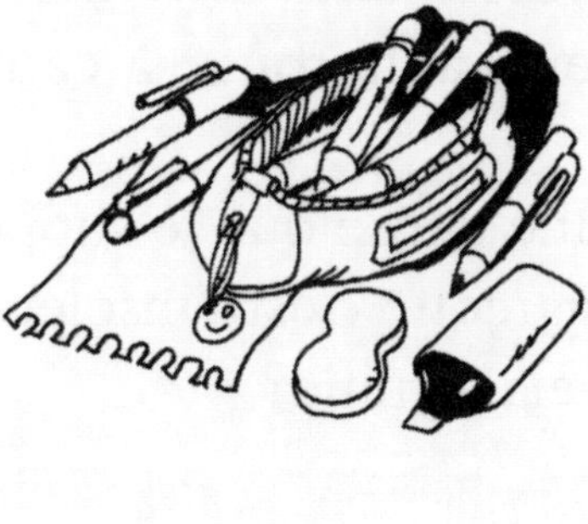

Il disait toujours *votre* Barillet, *votre* école, comme s'ils n'étaient pas les siens aussi ; et en même temps, c'est lui qui décidait de la plupart de nos jeux et qui les organisait, comme un ancien.

Je me rappelle le matin où il a rapporté sa punition *Je ne dois pas prendre les enseignants pour des imbéciles* et qu'il a tendu ses cent lignes au maître, en arborant un sourire satisfait. M. Barillet, brusquement, a vu rouge à cause de ce sourire.

– Il y a une chose que je supporte très mal, mon garçon : c'est l'insolence. Sais-tu ce que cela signifie ?

– Je crois, monsieur.

– Eh bien pour en être tout à fait sûr, regagne ta place et lis la définition de ce mot dans le dictionnaire.

Arnaud est revenu s'asseoir. Nous sommes voisins de table et nous avons un dictionnaire pour deux. Il l'a pris, l'a feuilleté pour trouver « insolence » et a commencé à lire pour lui.

– Non, a ordonné M. Barillet. À voix haute, pour tout le monde !

Arnaud s'est exécuté :

– « Insolence, nom féminin, a-t-il énoncé d'une voix ferme, avec son accent chantant. Effronterie, hardiesse excessive, manque de respect... »

– Très bien, l'a interrompu M. Barillet. Inutile de lire l'exemple. Depuis ton arrivée dans cette école, tu illustres parfaitement, par ton comportement, cette définition du dictionnaire.

Arnaud a pâli.

– Et comme il semble que les punitions ordinaires soient sans effet sur toi, je vais t'en donner une à la mesure de ton insolence. Tu me copieras cent fois : *Je ne dois pas...*

M. Barillet prit le temps de distiller sa phrase :

– *... même si je suis par ailleurs un excellent élève...*

Il marqua une nouvelle pause. Il chercha ses mots, les trouva, reprit :

– *Je ne dois pas,* donc, *même si je suis par ailleurs un excellent élève, m'amuser à collectionner bêtement les bêtises pour le simple et stupide plaisir d'avoir à écrire des centaines de fois la même chose.*

Il y eut des murmures dans la classe, des rires nerveux, des ricanements cruels. M. Barillet jubilait, savourant la situation.

Je regardai Arnaud du coin de l'œil. Je vis sa main et ses lèvres trembler alors qu'il écrivait la longue phrase de la punition.

Quand il releva la tête, toute trace d'émotion avait disparu de son visage.

– « Bêtement les bêtises », me souffla-t-il, Barillet se répète, c'est nul.

Il regarda calmement ses voisins les plus proches avec fierté, puis le maître sans aucune crainte. On eut l'impression que M. Barillet allait encore se fâcher, mais il choisit de hocher longuement la tête en considérant Arnaud d'un air consterné. Puis il frappa dans ses mains avant de les frotter l'une contre l'autre, comme s'il les savonnait :

– Bien, soupira-t-il. Prenez votre livre de lecture suivie. À la page 17.

Dans la cour, on s'est tous retrouvés autour d'Arnaud.

– Tu vas en baver avec une phrase aussi longue !

– Non, mais vous m'avez bien regardé ? Sa punition, je vais la torcher en deux coups de cuiller à pot. On a à peu près la même écriture, ma sœur et moi, si vous voyez ce que je veux dire. Je lui rends des services à elle aussi : je lui fais ses maths.

– Ta sœur ? Mais elle est au collège !

– Oui, en cinquième, et alors ?

Il devait encore se vanter. Aucun élève de CM1 n'est capable d'une chose pareille !

– Oh et puis non, a-t-il continué, j'ai une meilleure idée. Je vais dire à mon père que ce gros cylindre à trous commence à me pomper.

On l'a regardé. On ne comprenait pas bien.

– « Magasin cylindrique destiné à recevoir les cartouches », a-t-il expliqué. C'est la définition de « barillet » dans le dictionnaire.

Après la récré, le maître a dû se demander pourquoi nous nous sommes tous précipités sur les *Petit Larousse*. Il nous a laissé faire pensant probablement que c'était pour « insolence ».

Arnaud n'a jamais rendu sa punition. Le lendemain, son père l'a accompagné à l'école pour rencontrer M. Barillet. De loin, on les a vus discuter, s'expliquer avec de grands gestes. On a perçu des éclats de voix. Arnaud n'a pas été puni depuis. Il faut dire qu'il se tient plus tranquille. Hier encore, Lætitia et Romain ont eu cent lignes parce qu'ils bavardaient.

Et voilà qu'aujourd'hui, c'est à mon tour d'écoper d'une punition. *Je dois me mêler de ce qui me regarde.*

Mes cent lignes

Arnaud tente de me remonter le moral :

– Ne t'inquiète pas, vieux. Cent lignes, c'est vite fait. Il suffit de s'organiser.

Je joue avec les lentilles froides dans mon assiette. Je prends un air détaché :

– Bof, je m'en fiche pas mal.

Mais il n'est pas dupe.

L'après-midi, il me répète sans arrêt :

– Alors, le malade, on couve sa punition ?

Il me colle tout le temps. Rien de nouveau : il m'a choisi pour copain dès son arrivée dans l'école en s'arrangeant pour se placer à côté de moi. Et il me prend toujours dans son équipe quand on fait un foot. En amitié aussi, il veut être le premier.

Il voit bien que j'ai peur de rentrer chez moi avec une punition.

– Pas de problème, m'encourage-t-il. Copie en douce dix lignes par-ci, dix lignes par-là. Surtout, n'en parle pas à tes parents !

Je ne suis pas d'accord :

– Il faudra bien qu'ils la signent.

– Tu n'auras qu'à imiter leur signature.

– T'es pas fou !

– Pff, c'est ce que je fais toujours.

– Mais... et ton carnet de notes, tes cahiers, c'est toi aussi ?

– Tu plaisantes ou quoi ? Avec les notes que j'ai, il faudrait être louf. C'est un plaisir de leur faire signer mes cahiers.

Bien sûr. Quel idiot je suis !

Je réfléchis. Quelque chose cloche :

– Tout de même, ton père est venu voir le maître...

– Oui, et alors ?

– Cela veut dire que tu lui en avais parlé, de ta punition.

– Bien sûr, pour qu'il se fâche contre Barillet. Sa phrase à rallonge, tu ne crois pas que j'allais me l'avaler, non ?

– Mais alors Barillet a dû lui dire que ce n'était pas la première fois. Et ton père a compris que tu signais les punitions à sa place.

– Tu es un malin, toi, rigole Arnaud. En réalité, je lui en donne à signer quelques-unes. Je les trie, je choisis les plus bêtes pour l'énerver encore plus contre Barillet. Quand ils se sont vus, ils n'ont pas refait le compte, va. D'abord le Barillet n'a eu qu'à se la fermer. Comment que mon père te lui a cloué le bec !

Il se tait un instant.

– N'empêche, reprend-il. Ça ne peut plus durer. Il faut trouver un moyen de contrer Barillet. Je vais réfléchir à une solution. À mort les punitions !

Pendant qu'Arnaud s'excite tout seul, je pense à ma mère. Elle prétend que je ne sais pas cacher mes sentiments et qu'on peut lire sur mon visage comme dans un livre.

Je crois que pour elle c'est un compliment. Je me demande bien, pourtant, comment je vais lui parler de mes cent lignes...

Je pensais trouver seulement ma mère en rentrant de l'école, mais mon père est déjà là. Je leur dis que je suis puni.

– Sans blague ? questionne papa, mi-amusé mi-inquiet.

– Laisse-le s'expliquer, dit maman.

Je raconte tant bien que mal l'histoire de l'interrupteur, de l'étagère renversée et de la colère du maître. Mon récit est embrouillé, confus. Je sens que j'agace mon père. Il me pose une main sur l'épaule.

– Regarde-moi. Si je comprends bien, tu as renversé une étagère sur M. Barillet.

– Mais pas du tout ! s'indigne ma mère. Il vient de te dire qu'il n'y est pour rien. Il a seulement éteint en croyant bien faire. Barillet a dû trébucher dans le noir et renverser cette fameuse étagère. Je peux admettre qu'il se soit fâché contre André sous le coup de la colère, mais je trouve injuste qu'il lui inflige cette punition. Barillet et ses lignes... À quoi ça rime de copier cent fois la même chose ? On lui en a déjà parlé au conseil d'école, mais il ne veut rien entendre. Et ce n'est pas à deux ans de la retraite qu'on va le changer.

– Il pourrait donner des verbes, dit papa. Au moins les gamins apprendraient quelque chose...

Bon, cela ne se passe pas trop mal. Je me dirige vers ma chambre. J'ai hâte de commencer, pour en avoir plus vite terminé.

Je suis anxieux, pour ma première punition. J'ai l'impression que je vais devoir y passer toute la soirée et toute la nuit et qu'au matin, au moment de retourner à l'école, je n'aurai encore pas fini… et M. Barillet m'en donnera une deuxième !

Papa me rappelle.

– Ta mère et moi partons en courses. Nous discuterons dans la voiture de ce qu'il convient de faire à propos de cette punition et nous en reparlerons avec toi au dîner.

Je monte dans ma chambre. J'entends les portières claquer et la voiture démarrer. Qu'a voulu dire papa ? Envisage-t-il d'aller trouver M. Barillet, comme le père d'Arnaud ?

Le problème, c'est que mes parents vont peut-être décider, au contraire, de m'obliger à faire cette punition… que je dois rendre demain matin ! Jamais je n'aurai le temps de copier toutes ces lignes si j'attends le dîner.

Je sors des feuilles, mon stylo et je me mets au travail.

D'abord, j'écris une fois la phrase – *Je dois me mêler de ce qui me regarde* – en chronométrant : à peu près trente secondes, même un peu moins. Je pourrai donc copier deux phrases par minute.

Pour arriver à cent, il me faudra... rapide calcul... cinquante minutes. Seulement ? Ce n'est pas si terrible.

Une heure vingt plus tard (quatre-vingts longues minutes !), je n'ai pas encore fini et mes parents sont déjà de retour. J'ai échoué à tenir la distance au bon rythme. Je me suis interrompu plusieurs fois. Les muscles du bras me font mal et je n'ose pas lâcher mon stylo, il semble collé entre l'index et le majeur, il tient presque tout seul, comme incrusté dans la chair. Mais j'atteins le bout.

Mon père monte l'escalier alors que j'en suis au *mêler* de l'avant-dernière ligne. Je continue à écrire, encore plus vite.

Il ouvre la porte.

– Laisse tomber cette punition. C'est décidé : nous allons te donner un mot d'excuse.

Je termine à toute vitesse la centième ligne, de travers.

– Trop tard, papa !

Et je brandis les feuilles comme un trophée, avec un large sourire.

J'ai la main recroquevillée et endolorie, mais comme c'est bon d'en avoir fini !

Je tends mon stylo à mon père.

– Voilà, tu n'as plus qu'à signer. Mais vous auriez pu vous décider avant, maman et toi.

Préparatifs

À la récréation, Arnaud a recommencé, avec son idée.

– Il faut trouver quelque chose. On ne va pas se laisser pourrir la vie toute l'année par les punitions de Barillet.

– Il suffit d'arrêter les bêtises, propose Sébastien.

– Bravo, ironise Arnaud. Tu es un vrai génie. Et toi, André, tu en penses quoi ?

– Il s'agit surtout de ne pas se faire prendre.

Arnaud m'applaudit mollement.

– Super ! C'est fou comme on progresse avec vous.

On le regarde. On attend. Où veut-il en venir ?

– Ah ! misère ! Mes copains, chez moi là-bas, ils l'auraient déjà trouvée, la solution.

– Quelle solution ? demande Nicolas. Tu nous fais suer à te croire plus fort que les autres. C'est pas parce que ton père est ingénieur à Grenoble.

– Non, pas « à Grenoble », agronome. Désolé, vieux…

– Ouais, c'est ça, dit Nicolas.

Et il s'éloigne les mains rageusement enfoncées dans les poches.

– Alors, je demande. La solution ?

Arnaud m'attrape par le cou et me shampouine :

– Non mais, elle est vide cette pastèque.

Je me dégage. Il commence à devenir énervant.

– Tu te fiches de nous, lui reproche Romain. Il n'y a pas de solution : quand on fait une bêtise, on est puni. Point final.

– Entièrement d'accord, dit Arnaud. Et après ?

– Après ? Barillet nous file cent lignes, tu en sais quelque chose !

– Exact. Et après ?

– Après, on s'embête à les copier.

– Ah ! Et quoi encore ?

– Et nos parents nous attrapent.

– Super ! Dix sur dix ! Vous êtes sur la bonne voie. Objectif numéro un : ne pas s'embêter ; numéro deux : ne pas se faire attraper.

Arnaud nous regarde d'un air triomphant.

Nicolas se rapproche de nouveau, toujours aussi en colère :

– Mais laissez-le donc, ce frimeur, avec son baratin. Tout ce qu'il veut c'est se venger de Barillet.

– Me venger ? Mais il n'y a même pas de quoi, mon pauvre ami.

Et Arnaud nous refait Théo des *Tontons flingueurs* :

– « La paf du crapo n'empêche pas la carafane de passer. »

L'imitation est vraiment réussie. On rigole tous, sauf Nicolas :

– Pfff, pauvre type, baratineur, connard de prétentieux !

Arnaud lui tend la main :

– Enchanté. Moi c'est Arnaud Roy de Perpignan.

Nicolas se jette sur lui et ils commencent à se battre, en roulant dans la poussière de la cour.

Quelqu'un est allé prévenir M. Barillet. Le maître les sépare et leur donne cent fois à copier *Je ne dois pas me battre avec mes camarades.*

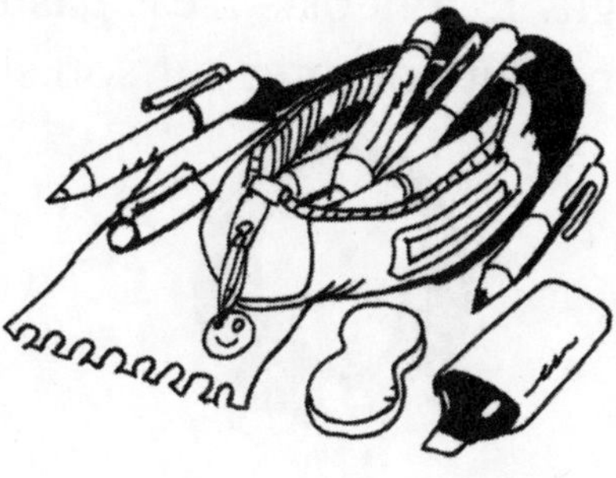

M. Barillet est occupé à écrire au tableau l'énoncé d'une règle de grammaire.

– Tiens, me dit Arnaud à voix basse en me donnant un bout de papier. À lire et à faire passer à Romain et aux autres.

Ceux qui veulent en savoir plus sur LA SOLUTION, retrouvez-moi à la sortie.

Arnaud

Ce message est très clair pour ceux qui ont participé à la discussion dans la cour, Romain, Sébastien et moi. Sans parler de Nicolas.

Arnaud est très malin : si le maître surprend le message, il ne comprendra pas de quoi il s'agit. Et Nicolas n'est pas un rapporteur, on peut compter sur son silence.

M. Barillet se retourne pour nous parler de l'auxiliaire être et de l'attribut du sujet.

Puis il reprend sa craie et continue à écrire au tableau. J'en profite pour essayer de transmettre le message à Romain.

Je me retourne, mais Lætitia, sa voisine, m'arrache le papier des mains pour le lire. Je suis furieux de m'être laissé avoir. Arnaud me regarde en fronçant les sourcils.

– Excuse, je lui chuchote sincèrement désolé.

On surveille Lætitia du coin de l'œil. Elle remet le message à Romain et puis elle écrit quelque chose sur un bout de feuille qu'elle me fait passer pour Arnaud :

Quelle Solution ???

Arnaud répond sur le même papier :

La Solution
pour les punitions !!!

Il a confiance en Lætitia. Moi aussi. C'est une fille sympa. Elle n'hésite pas à jouer au foot avec nous dans la cour, par exemple, et dès qu'elle en a marre elle nous le dit simplement avant d'aller rejoindre ses copines. Elle est très indépendante, mais on ne se fâche jamais avec elle.

Pendant que le premier message continue à circuler jusqu'à Sébastien, je donne la réponse d'Arnaud à Lætitia.

Le maître nous tourne toujours le dos. Lætitia nous regarde en faisant « champion » avec son pouce levé. Ce n'est pas étonnant, dans le fond : elle est si souvent punie qu'elle en a bien besoin, elle aussi, de la Solution…

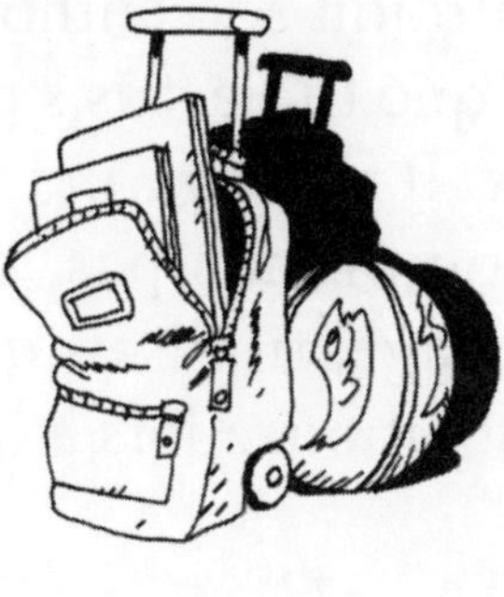

– Je résume : on est là pour parler de la meilleure façon de régler le problème des punitions.

Arnaud mène la discussion. C'est normal, il nous a tous convoqués pour cela.

– Bon. Une chose me gêne : trop d'oreilles indiscrètes, ici, devant l'école.

Il prend des airs de conspirateur en exagérant tellement qu'on se demande s'il est sérieux ou s'il se fiche encore de nous.

– On n'a qu'à se retrouver dans un endroit secret, propose Lætitia.

– Une cabane ! s'écrie Sébastien. On en construirait une. On serait des espions, tranquilles pour comploter.

Arnaud refroidit son enthousiasme :

– Je crois que tu ne saisis pas bien l'urgence, vieux. Il faut agir *très* vite.

– Je ne comprends pas, dit Romain. Sur ton message, tu disais que tu l'avais trouvée, la solution. Alors à quoi bon discuter ?

Je commence à m'impatienter, moi aussi. J'ai faim. J'ai hâte de rentrer pour goûter.

– Alors ? Qu'est-ce qu'on décide ?

– J'ai une idée, répond Lætitia. Rendez-vous sur le terrain de jeu derrière chez moi.

Tout le monde est d'accord.

– Oui, mais à quelle heure ? demande-t-elle.

– Dans une demi-heure, je propose.

– Eh non ! s'écrie subitement Arnaud. J'ai mon entraînement de hockey en salle ! J'avais oublié.

– Tu n'as qu'à pas y aller, pour une fois.

Arnaud regarde Lætitia avec un sourire en coin, comme si elle débarquait de Jupiter :

– Tu rigoles ou quoi ? L'entraîneur m'a remarqué, je vais peut-être jouer dans l'équipe régionale.

Brusquement, et comme souvent, la vie personnelle d'Arnaud prend une terrible importance. Son entraîneur, son hockey...

Finalement, les punitions, M. Barillet, les copains, tout cela ne compte pas pour lui.

Il nous plante là.

Je rentre maussade, mécontent. Trahi.

J'en veux à Arnaud. Je trouve que Nicolas a eu raison, à la récréation, de se mettre en colère contre lui.

– Qu'est-ce qui se passe ? me demande maman. Tu as l'air tout chose. Tu t'es disputé avec un copain ?

Je dis d'abord « non », puis « oui » et que c'est la faute d'Arnaud.

– Le nouveau ? Je croyais que vous vous entendiez bien...

– Oui. Non.

– Tu veux me raconter ce qui s'est passé ?

– Justement : rien ! On croit toujours qu'il se passe un tas de choses avec Arnaud, mais c'est faux. Voilà le problème. Ah, il fait sans arrêt l'andouille, il imite la marionnette de Chirac, il te soûle avec ses histoires… Il te choisit comme copain mais c'est pour te répéter cinquante fois qu'ici tout est nul, qu'il pleut toujours, que les gens sont froids comme le climat. Il ne s'est pas vu… Il fait semblant de s'intéresser aux autres. On ne compte pas vraiment pour lui. Il veut seulement qu'on le regarde, qu'on l'admire comme le Roi-Soleil. Tiens, d'ailleurs il s'appelle Roy.

– Allons, André Mol, tu peux parler. Si tu crois que notre nom de famille vaut beaucoup mieux…

Je regarde maman, furieux. Elle se retient de rire.

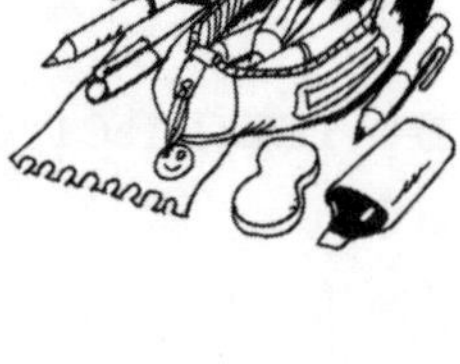

Un peu plus tard, pendant que je goûte, elle constate que ma dispute avec Arnaud ne doit pas être bien grave puisqu'elle ne me coupe pas l'appétit.

– Et puis tu verras, cela s'arrangera peut-être demain.

Je ne réponds rien.

La solution

C'est difficile de se réconcilier avec un copain, surtout quand ce copain ne sait pas encore que vous vous êtes fâché avec lui.

– Tu me fais la tête ? me demande Arnaud.

– Non. Oui.

– À cause d'hier ?

– Ça dépend, de quoi tu parles ?

– Je parle de mon entraînement de hockey.

– Alors oui. C'est vrai, quoi ! Tu nous as laissé tomber comme… comme…

– Des vieilles chaussettes puantes ?

– Arrête de faire ton malin. Tu ne les débranches donc jamais, tes piles ?

Il me regarde, ahuri.

– Non mais qu'est-ce que tu te crois ? je lui lance encore.

Il se met à me bouder à son tour.

À la récré, il accapare tout de suite les copains et je me retrouve isolé. J'ai peur, d'un coup. Vraiment peur. Je cherche Nicolas du regard. Il traîne seul dans un coin de la cour.

Me voilà comme lui, maintenant, exclu de la bande. Et tout cela par la faute d'Arnaud.

On se regarde de loin, mais on ne s'adresse pas de signe. Je n'ose pas. Nicolas non plus, sûrement. Alors, instinctivement, je me détourne de lui, je reviens vers les autres.

– Approche ! me crie Sébastien.

J'entends Arnaud :

– Laisse-le. Il fait sa tête de cochon.

Lætitia avance jusqu'à moi :

– Arnaud a un plan, me dit-elle. Un plan infaillible, paraît-il. Il va nous en parler maintenant. Plus besoin de rendez-vous secret, de cabane et de je ne sais quoi...

Je sens le regard de Nicolas dans mon dos, comme un reproche.

– Allez, insiste Lætitia. C'est trop idiot. On est là pour en finir avec les punitions de Barillet, pas pour se chamailler. Tu es vraiment fâché ?

– Il faut voir, je lui réponds.

Et j'avance résolument vers Arnaud :

– Bon, d'accord pour être avec vous, mais Nicolas doit participer aussi. Il s'en chope souvent, lui, des punitions.

– Moi je veux bien, lâche Arnaud grand seigneur. Mais je te parie que *lui* ne va pas vouloir.

– Je m'en occupe.

Je cours à l'autre bout de la cour pour parler à Nicolas. D'une traite, sans reprendre mon souffle, je lui dis que moi aussi je me suis disputé avec Arnaud et que, entendu, c'est un frimeur, n'empêche qu'il propose un plan génial pour les punitions.

– On a besoin de toi, Nico. Allez, viens !

Il me suit en traînant un peu les pieds.

– C'est quoi, le plan génial d'Arnaud ? bougonne-t-il.

Je me sens gêné.

– Ben… il ne nous l'a pas encore dit.

Arnaud a raison. Son plan est d'enfer ! Mais il lui en a fallu de la patience, pour nous l'expliquer et pour nous convaincre.

La récréation du matin, la pause de la cantine et la récré de l'après-midi y ont à peine suffi. Normal : une idée géniale doit faire son chemin. Il faut du temps pour l'assimiler, pour en saisir toute la finesse, la subtilité.

Autant le dire : au début, on a cru qu'Arnaud se fichait carrément de nous. Mais il a eu l'air tellement déçu par notre réaction... Son regard s'est troublé et, pour la première fois, il a donné l'impression de douter de lui-même.

– Laissez tomber, a-t-il articulé d'une voix morne. Vous avez raison. Je me suis trompé, ce n'était pas une bonne idée.

– Attends, attends. Il faut voir, discuter davantage.

De façon inattendue, c'est Nicolas qui se portait à son secours.

– Bof, a dit Lætitia, je ne vois pas l'intérêt de ce système, il ne change rien. On reste obligés de les faire, ces fichues punitions.

Arnaud s'est redressé.

– Tu as une meilleure idée, peut-être ? Depuis cinquante ans (en réalité il exagérait : cela ne fait que trente ou trente-cinq...), depuis cinquante ans, votre maître fonctionne ainsi, à coups de cent lignes. J'ai beau être très fort, je ne suis pas David Copperfield : je ne vais pas vous transformer Barillet d'un coup de baguette magique.

– Si j'ai bien compris, a repris Romain, on devra exécuter la punition *avant* la bêtise...

Arnaud m'a regardé. Il guettait ma réaction.

– Pourquoi pas, après tout ? j'ai dit. L'avantage, c'est qu'on peut s'organiser. Mais Lætitia a raison : on reste quand même obligés de rendre notre punition.

Arnaud a levé les bras au ciel.

– Bien sûr ! Oui, c'est obligé !

On a tourné en rond un bon moment et puis peu à peu, au fil des discussions, on a commencé à saisir les avantages qu'il y aurait à faire nos punitions d'avance…

On va pouvoir *choisir* nos bêtises !

D'accord, on en commettra toujours par accident, comme moi avec l'interrupteur de la bibliothèque ; et là, nous serons sanctionnés de la façon habituelle.

Mais ces bêtises-là sont rares. En général, nous mourons d'envie de faire une « ânerie », comme dit M. Barillet, et seule la peur d'être punis nous retient. Avec la solution d'Arnaud, finie la peur : la punition est déjà prête ! Alors pourquoi se gêner ?

Si on décide de soulever la jupe de Sophie – c'est l'exemple choisi par Sébastien –, on prend son temps. On commence par préparer ses feuilles et par écrire une dizaine de *Je ne dois pas soulever la jupe de Sophie.* On les copie à la maison, tranquillement, chaque fois qu'on a un moment.

– On peut même les copier en douce pendant la classe !

Arnaud réagit immédiatement :

– Surtout pas, malheureux ! J'ai réfléchi à la question : si Barillet nous y prend, tout le système s'écroule.

Je rigole :

– Où est le problème ? Il nous donnera une punition : *Je ne dois pas faire mes punitions pendant la classe,* mais celle-là aussi on l'aura préparée à l'avance.

– Et peut-être même en classe, ajoute Sébastien.

– Hou là là, arrêtez, dit Romain. Ma tête va exploser !

– Et pour les parents ? je demande.

Arnaud est redevenu très sûr de lui :

– J'y ai pensé. Vous m'apportez chacun un de vos cahiers, je décalque les signatures et je m'entraîne à les copier.

– Tu es sûr de ton coup ? l'interroge Nicolas.

Je glousse :

– Il l'a déjà fait un paquet de fois !

– Bon, s'énerve Romain. Laissez Sébastien finir avec la jupe de Sophie, que je comprenne bien.

Lætitia :

– Vous ne pouvez pas trouver autre chose et fiche un peu la paix aux filles, non ?

Sébastien :

– C'est juste un exemple. Ça ne veut pas dire que je vais le faire pour de bon.

Moi, hilare :

– Si, si, tu le feras ! Chiche !

Romain :

– Chut ! Laissez parler Sébastien.

Sébastien :

– Donc, je remplis ma punition dans mon coin, à mon rythme, sans me fatiguer. Et dès qu'elle est prête : pfut, la jupe de Sophie ! Qu'est-ce que je risque ?

– Qu'est-ce que tu risques ? raille Arnaud à ma grande surprise. Oh, c'est simple, une petite chose toute bête : de *ne pas* être puni... Imagine : Barillet ne t'a pas vu et Sophie ne te dénonce pas, parce qu'elle ne tient pas à ce qu'on le sache. Résultat : tu te retrouves à avoir copié cent lignes pour rien.

– Ouais, j'ai compris, bougonne Sébastien. Mais je te rappelle que c'est TON plan.

Il est cinq heures moins le quart. Maman a prévu des crêpes pour le goûter. Je m'impatiente :

– Qu'on l'utilise ou qu'on ne l'utilise pas la punition, quelle importance ? Du moment qu'on n'aura pas peiné à la faire…

On voit de loin la mère d'Arnaud. Elle lui adresse de grands signes.

– Merde, mon club d'échecs ! s'exclame-t-il. Salut, je vous laisse.

Je rentre en rigolant tout seul. Je repense aux punitions préparées à l'avance. Il n'y a qu'Arnaud pour avoir des idées pareilles.

– Les jours se suivent et ne se ressemblent pas, on dirait, me dit maman. Réconciliés ?

– Aucun problème ! je réponds.

Avec l'accent de Perpignan.

J'ai passé une fameuse journée. Et je suis sûr que beaucoup d'autres vont suivre…

À l'action !

Sébastien est le premier à venir à l'école avec sa punition préparée à l'avance : *Je ne dois pas soulever la jupe de Sophie.*

– Je l'ai finie en moins de deux heures, nous apprend-il satisfait.

– Je croyais que le coup de la jupe c'était juste un exemple… constate Lætitia.

– Je n'ai pas eu de meilleure idée, répond Sébastien en lui reprenant la punition des mains pour la ranger au fond de son sac.

– Attends, je lui dis, montre la signature ! Waouh ! Qui te l'a faite ? Arnaud ?

– Non, moi. C'est assez fastoche.

– Hé, regardez ! s'écrie Arnaud la tête tournée vers le portail d'entrée.

On se demande pourquoi Lætitia et lui rigolent tellement. On ne tarde pas à le comprendre : Sophie arrive... en pantalon !

– Tu n'as qu'à passer son nom à l'effaceur et écrire Lætitia à la place, suggère Nicolas à Sébastien.

Les yeux de Lætitia lancent des flammes.

– Oui, c'est ça. Qu'il essaye un peu pour voir.

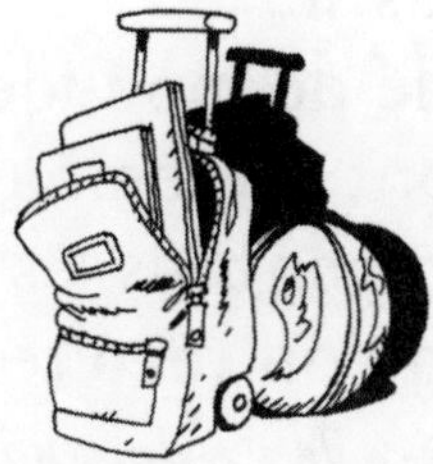

J'ai toujours eu un rêve secret. Lorsqu'un de nos ballons atterrit sur le toit de l'école, M. Barillet, s'il est de bonne humeur, autorise un élève à monter le long de la gouttière pour aller le chercher. Le plus souvent, c'est le grand Jérôme qu'il envoie – le plus costaud du CM2 de Mme Teissard.

Il n'y a pas trop de danger. L'école étant de plain-pied, le toit est bas, plat, avec du gravier à l'intérieur des bordures. Le grand Jérôme, quand il y va, prend toujours son temps. Nous, on est comme au spectacle. On le regarde évoluer au-dessus de nos classes.

Le voilà, mon rêve secret : me promener là-haut, pour voir. Romain l'a fait, une fois. Personne n'a rien dit, les maîtres ne l'ont pas su.

Je lui ai parlé de mon idée, ainsi qu'à Arnaud. Ils ont été emballés. Et on a décidé de grimper tous les trois ensemble. On sait qu'on récoltera une punition collective : *Je ne dois pas monter sur le toit de l'école...* Alors au travail !

Il nous a fallu une semaine pour être prêts ! À cause d'Arnaud ! Romain et moi on a fini nos cent lignes en deux jours, mais Arnaud a pris son temps.

– Vous êtes drôles, vous, et mon exam de solfège à préparer ? Bon, passez-moi ces torchons que je les signe.

C'est aujourd'hui le grand jour. Dès que la sonnerie de la récréation retentit, nous nous dirigeons vers la gouttière qui est le plus à l'abri des regards. Romain monte le premier, pour nous montrer où poser nos pieds. Je grimpe après lui. Puis c'est le tour d'Arnaud.

Personne ne nous a vus. On reste accroupis. On est libres.

– Vous sentez comme le vent est plus fort ? nous fait observer Romain à voix basse.

J'acquiesce :

– Oui. L'air est différent. Il est plus pur. Comme à la montagne. C'est fantastique !

– Allez, debout les gars, nous dit Arnaud. On ne va quand même pas rester planqués !

Je ne suis pas très chaud pour me relever.

– Ils vont nous voir…

– Et alors ? Nos punitions sont prêtes.

Je me redresse, avec un mélange de peur et de grand bonheur. J'ai les jambes qui flageolent un peu. Je me balade sur le toit ! J'éprouve malgré tout une petite déception : les maisons du lotissement sont, pour la plupart, plus hautes que l'école.

Cela ne change pas grand-chose de les voir d'ici. Bon, mais c'est drôle : j'aperçois le toit de chez nous, avec son antenne tordue.

Le plus impressionnant, c'est la cour qu'on domine.

– Regardez ! crie une voix.

Et voilà. On nous a repérés. Le grand Jérôme s'avance, menaçant :

– Vous allez voir, je vais le dire à Barillet.

– Cours-y vite, lui répond Arnaud, espèce de fayot !

Et Romain :

– Ce n'est pas parce que tu es au CM2 que le toit de l'école t'appartient.

Le grand Jérôme s'éloigne, après nous avoir copieusement insultés.

Nous ne cherchons pas à redescendre à toute vitesse. Nous revenons tranquillement au niveau de la gouttière. En bas, un attroupement s'est formé. Des huées et des applaudissements mêlés, des cris, des sifflets...

– Et le ballon? demande un petit CP.

– Il n'y a pas de ballon, lui répond Arnaud. Va téter ta mère, bonhomme, tu ne peux pas comprendre.

Barillet arrive à grands pas. En quelques secondes, le voilà juste au-dessous de nous.

– Tiens donc! Les trois mousquetaires! Non, ils étaient quatre... Vous, ce serait plutôt les Pieds Nickelés. Mais où est-ce que vous vous croyez? Au cirque Bouglione?

On descend. Il nous sermonne. J'ai envie de rire, c'est nerveux. Du coup, Barillet s'adresse à moi en particulier :

– Ton attitude me déçoit beaucoup, André Mol. Et je préférerais te voir suivre Arnaud en maths ou en grammaire plutôt que sur le toit de l'école.

Il conclut ainsi :

– Eh bien, vous connaissez le tarif. Vous me copierez cent fois…

– Exactement comme on avait prévu ! jubile Romain dans les toilettes.

Et moi :

– J'ai failli lui dire : « Attendez, ne partez pas si vite, je vous la donne tout de suite, ma punition. Je l'ai dans mon cartable, c'est même Arnaud qui me l'a signée. »

J'exagère beaucoup : face à Barillet, je n'en ai pas mené large. J'en tremble encore. Et puis quelque chose me gêne : tant que la bêtise n'était pas faite, la fausse signature ne comptait pas vraiment.

Mais maintenant qu'il va falloir donner les feuilles, ce n'est plus pareil et je ne me sens pas très tranquille.

Le soir, avant de quitter l'école, je sors la punition de mon cartable pour montrer la signature à Arnaud :

– Regarde, j'ai l'impression que le « M » de l'initiale est un peu tordu. Tu ne crois pas que Barillet va…

Il ne me laisse même pas finir ma phrase.

– Penses-tu ! répond-il en haussant les épaules. Si tu crois qu'il connaît par cœur les signatures des parents.

Il doit avoir raison.

Une visite inattendue

On sonne chez moi et... c'est M. Roy, le père d'Arnaud !

À tous les coups, il a eu vent de notre escapade de ce matin sur le toit et il vient en parler à ma mère.

– Bonjour, madame Mol. Je ne vous dérange pas, au moins ?

Il prononce : « Au moince. »

– Non, pas du tout. Entrez.

M. Roy m'aperçoit :

– Tiens, bonjour, grand. Tu t'appelles comment, déjà ?

– André, monsieur.

– Ah, oui. Vous vous accordez bien, il me semble, Arnaud et toi.

Il me sourit. Ouf ! Il ne doit pas être au courant...

Maman le reçoit aimablement. Elle lui propose quelque chose à boire. M. Roy refuse. Il semble préoccupé et pressé d'aborder l'objet de sa visite. Quand maman lui parle de la belle journée que nous avons eue, M. Roy éclate de rire :

– Franchement, si c'est ça que vous appelez une belle journée !

On échange un regard, avec maman. Je crois qu'elle se rappelle ce que je lui ai dit l'autre jour à propos d'Arnaud qui se plaint sans arrêt du temps... À part quelques détails liés à la différence d'âge, M. Roy a bien l'air du père de son fils.

– Écoutez, madame Mol. Vous êtes déléguée des parents d'élèves, et c'est au sujet de Barillet que je viens vous trouver. Plus précisément, pour parler avec vous de sa folie des punitions.

Je me suis peut-être réjoui trop tôt. Le cœur battant, j'attends la suite.

La voix grave de M. Roy résonne dans la pièce.

– La semaine dernière, Arnaud est rentré avec une phrase de cinq lignes à copier cent fois. Inutile de vous dire que je suis allé le trouver, Barillet, et qu'on s'est accrochés. Il a tout de même accepté de retirer la sanction, « à titre exceptionnel » m'a-t-il dit. Pas question pour lui de renoncer aux punitions... Il en fait une affaire de principe, vous vous rendez compte ? Je ne sais pas ce que vous en pensez, mais pour ma part je dis que c'est un scandale d'avoir encore recours à ce genre de pratique à l'aube du XXIe siècle. Et je pèse mes mots... Je ne suis pas venu vous trouver plus tôt parce que j'ai été très pris par mon travail, mais je vous assure que cette histoire me rend malade.

Maman se tourne vers moi :

– André, peut-être serais-tu mieux dans ta chambre pendant que nous parlons monsieur Roy et moi.

Je n'ai pas pu entendre la suite. Sauf quand parfois la voix puissante franchissait les murs :

– Arnaud… un élève exemplaire… comportement irréprochable… figurez-vous… traiter mon fils comme le dernier des voyous… Barillet… un incompétent… Etc.

Je n'entendais pas maman.

Au dîner, elle a parlé à papa de la visite de M. Roy.

– Il est très remonté contre Barillet. Il veut lancer une pétition.

– Il n'a pas tort, a dit mon père.

– Mmmm, a fait maman, je ne sais pas.

Elle n'avait pas l'air emballée :

– Non, ce qui me gêne, a-t-elle repris, c'est que monsieur Roy n'en a que pour son fils, son fils, son fils… Je veux bien qu'Arnaud soit une sorte d'ange génial, mais j'ai du mal à voir Barillet comme un tortionnaire. C'est un bon enseignant. D'accord, il déraille, avec ses cent lignes. En plus c'est interdit par les textes... Mais de là à lancer une pétition. Il y aurait sans doute moyen de s'arranger autrement...

Papa n'y croyait pas :

– Tu m'as déjà dit que vous lui en aviez parlé en conseil d'école et qu'il n'en a tenu aucun compte.

– C'est vrai. Peut-être faudrait-il voir avec ses collègues, mais c'est délicat : il est leur directeur. Non, décidément cette idée de pétition ne me plaît pas du tout.

Papa s'est tourné vers moi :

– Et toi, André, que penses-tu de monsieur Barillet ?

Je l'ai regardé fixement, incapable de lui répondre quoi que ce soit. J'avais hâte qu'on change de sujet.

Et ça continue !

– Regarde ! m'a dit Sébastien le lendemain en guise de bonjour. C'est pour aujourd'hui !

Il me montrait Sophie. Pour la première fois depuis longtemps, elle est venue en jupe... et Sébastien est décidé à aller au bout de son idée.

Nous sommes tous autour du bureau du maître à observer, dans un atlas, la situation géographique d'une ville.

Sophie se doute-t-elle de quelque chose ? Elle jette de fréquents coups d'œil à Sébastien.

Et puis d'un coup les choses s'accélèrent. Je vois Sébastien se pencher derrière Sophie qui se retourne et clac lui flanque une gifle !

M. Barillet relève la tête et comprend aussitôt la situation.

Il a une mimique à l'intention de Sébastien, comme pour lui dire : voilà ce qui arrive quand on se montre un peu trop curieux...

Sophie se garde de tout commentaire. Sa gifle parle pour elle. M. Barillet réprimande ceux qui font mine de ricaner et la classe reprend, dans un calme absolu.

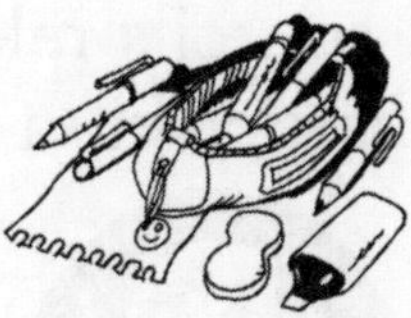

Sébastien a dû ruminer sa mésaventure tout le mercredi. Il est très amer.

– Ce qui me fait le plus suer, c'est que Barillet ne m'a même pas donné de punition. Je reste comme un imbécile, avec mes cent lignes.

Il trimbale au fond de son sac ses *Je ne dois pas soulever la jupe de Sophie* depuis... on compte avec lui... plus de huit jours !

Lorsque la classe reprend le jeudi, on le voit se lever et apporter ses feuilles à M. Barillet ! Le maître les prend l'air étonné, les examine.

– Je ne me souvenais pas de t'avoir donné des lignes. Il me semblait que tu avais déjà reçu ta sanction.

Sébastien se trouble. Il bafouille qu'il n'y a pas de raison, et qu'ainsi tout est en ordre. Et il va se rasseoir.

Barillet, les sourcils relevés, regarde tour à tour Sébastien et sa punition.

– Tu es malade ou quoi ? reproche Nicolas à Sébastien pendant la récré.

Arnaud est hilare.

– Il n'a pas dû en voir souvent, le père Barillet, des punitions comme la tienne, toutes froissées, et à moitié effacées.

– Pauvre cloche, lui répond Sébastien. J'ai laissé les feuilles cette nuit sous un gros dico pour les aplatir.

Il ajoute, définitif :

– Et puis je ne pouvais plus les garder, ces fichues feuilles, ni les jeter à la poubelle. Tout ce temps passé à copier pour rien, c'était nul. Au moins maintenant, je suis soulagé.

– Toi peut-être, mais pas nous, réagit Nicolas. Barillet va se douter de quelque chose.

– N'importe comment, moi j'arrête, dit Sébastien. Cette histoire de punitions d'avance c'est de la crotte de bique.

Il est le seul à le penser.

Lætitia est venue toute la semaine sans son cahier du jour et chaque matin

Barillet lui a donné à copier un *Je ne dois pas oublier mon cahier de...* correspondant à celui qui manquait. Même Arnaud trouve cela complètement dingue :

– Tu fais des photocopies ou quoi ?

Lætitia, excitée comme une puce, s'épate elle-même :

– J'y ai passé mon week-end, mais je ne le regrette pas. Ah ! c'est géant quand le père Barillet te file ses cent lignes en croyant te punir !

Elle nous montre fièrement ses doigts ornés de cals.

– Je n'ai jamais autant écrit de ma vie !

Elle ne tient pas en place. On dirait Arnaud. Elle se vante comme lui, elle lui vole la vedette :

– Hé, je torche une péno en une demi-heure, montre en main, pas plus !

Il ne lui manque que l'accent...

Est-ce pour ne pas être en reste et consolider sa place qu'il sent menacée ? Arnaud n'hésite pas à étendre la pratique des punitions avancées. Il se met à en parler aux uns et aux autres et, bientôt, dans la classe, la plupart des élèves sont au courant.

Il règne une atmosphère de complot. Cela devient une mode, un jeu, un trafic – à la façon des billes ou des Pog. Tous s'y mettent ; même les timides, les peureux (comme moi avant) qui n'ont jamais été punis, qui n'avaient même jamais pensé l'être un jour…

Barillet ne sait plus où donner de la tête.

Quand ce n'est pas Erwan et Boubakar qui bombardent le mur de la cour avec du papier-toilette mouillé, c'est Vanessa qui découpe son livre de lecture, ou Élodie qui enferme sa sœur dans le placard des ballons.

Et plus les punitions nous tombent dessus, plus on en redemande…

Combien de temps cela va-t-il pouvoir durer ?

Le démon des punitions

On est mardi. Il fait un temps gris et triste. Et Lætitia arrive bouleversée à l'école. On la presse de questions mais elle ne veut pas nous révéler ce qui la rend si malheureuse. On sent que quelque chose de grave s'est passé.

– Vous verrez bien, se contente-t-elle de nous dire.

Et nous entrons en classe avec le sentiment pénible d'une menace planant sur nos têtes.

Pendant la première partie de la matinée, le comportement du maître est tout à fait habituel. Mais, un quart d'heure environ avant la récréation, après une correction d'exercices, M. Barillet nous demande de fermer nos livres et nos cahiers et réclame le silence.

Debout près de son bureau, il commence ainsi :

– Je pense que vous vous amusez bien, ces derniers temps... (Arnaud et moi on échange discrètement un sourire-grimace un peu crispé)... mais je crains que vos résultats scolaires n'en pâtissent. Or les contrôles approchent, et un certain nombre de signes me montrent que pour beaucoup d'entre vous le travail n'est pas fait correctement. Même chez toi, Arnaud, d'habitude si brillant, je déplore un relâchement...

M. Barillet marque une pause avant de reprendre :

– Mais revenons à ceux qui n'ont pas ton aisance et pour qui la qualité du travail s'est nettement dégradée ces derniers temps : les Julien, les Boubakar, les Nicolas, les Solène, les André...

Il nous regarde à tour de rôle.

– Les leçons sont moins bien apprises, les exercices sont bâclés… Il faudrait voir à vous ressaisir, vous ne pensez pas ?

On gigote sur nos chaises.

– Mais je crois savoir, martèle M. Barillet, quel démon vous asticote depuis un moment… Le démon des punitions !

Personne ne bronche. Nous retenons notre souffle, en nous demandant ce qui va suivre, sauf Aurélie qui fait tomber sa règle et Romain qui ne peut s'empêcher de ricaner nerveusement, avant de se fermer la bouche du plat de la main.

Alors, avec un drôle de sourire, M. Barillet tire son fauteuil pour s'asseoir. Dans le silence on entend distinctement un petit objet métallique tinter sur le carrelage, et le sourire se fige sur le visage du maître.

Il se penche pour inspecter le sol devant les pieds de Virginie et ramasse la punaise – une grosse punaise bien ronde à la longue pointe effilée – qui a glissé du fauteuil.

– Tiens, tiens... Personne n'avait encore osé : le gag éculé, si j'ose dire, de la punaise sur la chaise du maître.

Son regard se porte instantanément sur Arnaud à mon côté et j'entends mon copain avaler péniblement sa salive avant de marmonner :

– Je n'y suis pour rien...

Qui a fait le coup ? Je n'en ai pas la moindre idée. Lequel d'entre nous a déjà écrit cent fois : *Je ne dois pas mettre de punaise sur le fauteuil du maître ?*

– À votre avis, que serait-il arrivé si la punaise n'était pas tombée quand j'ai tiré le fauteuil ? demande M. Barillet. Eh bien ? Répondez ! On vous a coupé la langue ? Toi, Florine, dis-moi ce qui serait arrivé si je m'étais assis sans la voir.

– Ben... ça vous aurait piqué, répond Florine.

– Le derrière, pouffe Aurélie.

– Exactement, dit le maître, cela m'aurait piqué le derrière, et je ne vois pas ce qu'il y a de comique.

Mais personne ne songe à rire.

– Il y a quelques années, poursuit-il, un vieux professeur a été victime de cette aimable farce. Certes, la chose advint à Saigon où les conditions climatiques sont propices aux infections. Et le vieux professeur était, de surcroît, diabétique. Bref, le coup de la punaise l'empêcha de s'asseoir pendant toute une année, à moins d'utiliser un gros coussin.

M. Barillet marque une courte pause.

– Alors, demande-t-il en nous agitant la punaise sous le nez. Qui ? Lequel d'entre vous ?

Et comme personne ne se dénonce :

– Laissez-moi vous poser la question autrement… Dans la famille des Punitions à l'Avance, je voudrais : *Je ne dois pas mettre une grosse punaise sous les fesses du maître.*

Nous sommes pétrifiés mais M. Barillet part d'un grand rire. On comprend alors qu'il nous a menés en bateau. Cela lui arrive quelquefois : il nous raconte le plus sérieusement du monde des choses invraisemblables et on marche. Comme quand il a fait croire à Romain que les petits des kangourous, dans la poche de leur mère, sont équipés de périscopes.

– C'est moi, explique-t-il, qui ai placé la punaise sur mon fauteuil, pendant que vous étiez penchés sur vos exercices.

La plupart du temps, ses blagues nous font beaucoup rire. Pas aujourd'hui…

– Eh bien, ne me regardez pas ainsi, j'ai le droit de m'amuser. À mon tour de me payer un peu votre tête. C'est bien ce que vous faites avec moi depuis quelques jours, non ?

La sonnerie qui retentit est accueillie avec soulagement. Mais personne n'ose bouger.

– Allez, ouste, nous dit le maître, en récréation ! Nous reprendrons tout à l'heure cette intéressante conversation.

Et comme nous passons devant lui :

– Non, pas toi Arnaud. J'ai à te parler…

Au courant de tout

– Intéressante conversation, mes fesses, ronchonne Nicolas. Il n'y a que lui qui cause !

– Il a disjoncté ! affirme Romain. Il ne sait plus ce qu'il raconte, avec ses histoires de punaise. Il est bon pour l'asile.

Je ne suis pas de cet avis :

– Penses-tu ! Il sait très bien de quoi il parle. Il a tout découvert, tu n'as pas encore compris ?

– Moi je dis que c'est Lætitia qui nous a caftés, affirme Sébastien. Voilà pourquoi elle pleurait ce matin.

Lætitia est avec Sophie. On s'approche.

– T'es qu'une traître, l'accuse Sébastien.

Mais ce n'est pas vrai. Et Lætitia, encore tout émue, nous raconte…

Ses parents l'ont surprise en train de copier son *Je ne dois pas oublier mon cahier d'histoire,* et ils sont entrés dans une colère noire lorsqu'elle a avoué qu'elle oublie souvent ses cahiers. Ils ont menacé de la punir à leur tour, et durement, si elle continuait.

– Et puis ça veut dire quoi, « souvent » ? a questionné son père. Deux fois ? Trois fois ? Davantage ?

Comme Lætitia ne répondait pas, il a fini par décrocher son téléphone pour appeler M. Barillet, après avoir fébrilement cherché son numéro dans l'annuaire. Il était hors de lui.

– Je veux savoir, et je saurai ! Allô, M. Barillet. Excusez-moi de vous déranger. Je suis le papa de Lætitia. Que se passe-t-il avec ma fille ? Vous lui avez donné une punition pour son cahier d'histoire…

Le père de Lætitia avait branché le haut-parleur du téléphone et la voix de M. Barillet a retenti, nasillarde :

– Son cahier d'histoire... Comme c'est intéressant... Bon, il est vrai que, ces jours-ci, Lætitia a moins la tête à son travail, mais cela n'a rien de dramatique, et elle est loin d'être seule dans ce cas. Mes élèves ont le diable au corps, depuis quelque temps. Je pense en avoir découvert la raison et je m'expliquerai demain avec eux. Je dois vous dire que la punition que j'ai donnée aujourd'hui concernait le cahier de mathématiques : nous n'avons pas histoire avant vendredi prochain.

– Je ne comprends pas...

– C'est pourtant très simple. Votre fille est en avance de, voyons, nous sommes lundi... mardi, jeudi, vendredi... de trois punitions !

Son père en est resté bouche bée, K.-O. debout...

– Et pour la signature ? questionne Sébastien. Ils t'ont cuisinée ?

– Mes parents, oui. Mais pas le maître. Il m'a juste fait promettre de ne rien vous dire. Je n'ai pas trahi Arnaud. Je le jure...

– On te croit, lui affirme Sébastien avec force.

Nicolas me flanque un coup de coude :

– Regarde !

À travers la vitre, on voit M. Barillet en grande discussion avec Arnaud. À vrai dire, c'est surtout le maître qui s'anime ; Arnaud a l'air aussi joyeux qu'à un enterrement.

Lorsque je reviens à ma place, je sens bien qu'Arnaud se retient de pleurer.

Il se lève brusquement, pour demander à M. Barillet la permission de sortir mais les mots restent coincés au fond de sa gorge. On entend juste « lavabo ».

D'un geste, le maître l'autorise à quitter la classe.

– Bon. Inutile de tourner plus longtemps autour du pot. Vous l'avez compris : je suis au courant de votre petit trafic. Oh, ne regardez pas spécialement Lætitia. Il y a un moment que j'ai découvert votre manège. Vous voulez savoir ce qui m'a mis la puce à l'oreille ? Pas mal de choses : les signatures de vos parents tracées d'une même encre violette, des erreurs dans les phrases, comme lorsque Romain, André et Arnaud m'ont écrit *Je ne dois pas* monter *sur le toit de l'école* alors que je leur avais demandé *Je ne dois pas* me promener *sur le toit.* Sans parler de la punition défraîchie de Sébastien…

Quant à Arnaud, vous avez pu le voir, il en a gros sur le cœur. Je voudrais que chacun d'entre vous réalise bien quelle est la situation : Arnaud pleure parce que je viens de lui faire la leçon, et je lui ai fait la leçon parce qu'il a commis une faute. Cette faute, il a au moins eu le grand courage de la reconnaître : mais pour moi, tous ceux qui ont permis que la signature de leurs parents soit imitée sont ses complices. Savez-vous que c'est très grave ? En droit, on appelle cela « faux et usage de faux », et des gens vont parfois en prison pour moins que ça... Naturellement, j'informerai vos familles. Mais je voulais vous dire aussi que toute cette histoire m'a amené à réfléchir. Je sais que certains parents ont tenté de lancer une pétition contre moi ; ils n'ont d'ailleurs pas obtenu le nombre de signatures qu'ils espéraient. Alors, que les choses soient bien claires entre nous : ce n'est absolument pas l'attitude de ces parents-là...

Le « ces parents-là » vibre dans la classe et c'est comme s'il y avait parmi nous les parents en question, grondés, penauds et n'osant pas répondre au maître.

– Ce n'est absolument pas l'attitude de ces parents-là, répète M. Barillet avec force, qui m'amène aujourd'hui à prendre la décision de ne plus donner de punitions. Il faut savoir ne pas s'obstiner, surtout quand le remède se révèle pire que le mal.

Il vient de nous dire qu'il ne donnera plus de punitions.

On devrait sauter de joie et applaudir à tout rompre. Mais rien. Pas même un murmure, un souffle, ni un raclement.

– C'est tout l'effet que cela vous fait...

M. Barillet a l'air déçu.

Mais comment pourrions-nous nous réjouir? On pense à nos parents quand ils vont savoir et à ce qu'on va prendre!

– Oui, Romain?

Romain a levé la main :

– Vous voulez dire qu'il n'y aura plus JAMAIS de punitions?

– Ça, fait le maître avec un sourire entendu. Qui pourrait en être sûr? Imaginez que certains parents déposent une pétition réclamant que je vous punisse à coups de verbes ou d'exercices supplémentaires...

Mais on comprend à son air malin qu'il n'a pas l'intention de se laisser dicter sa conduite, qu'il décidera seul.

Arnaud revient des lavabos. À mon grand soulagement, il semble aller beaucoup mieux.

– Votre camarade a raté le meilleur, dit M. Barillet en s'efforçant d'adopter un ton enjoué. Tiens, Sophie, veux-tu lui annoncer la bonne nouvelle ?

– Il n'y aura plus de punitions, dit simplement Sophie.

Arnaud la regarde la bouche grande ouverte, singeant une immense surprise.

– Punaiiise ! s'écrie-t-il.

Cette fois, on rit vraiment. Et quand il regagne sa place, tournant le dos au maître, Arnaud nous adresse un clin d'œil.

Épilogue

La vie a retrouvé son cours normal et nos résultats scolaires sont devenus fantastiques du jour au lendemain ! Non, je plaisante… mais il y a eu une incontestable amélioration. Les parents ne s'étant pas montrés trop sévères et M. Barillet ayant cessé de nous infliger ses punitions, on s'est sentis un peu redevables.

Et puis on a recommencé, peu à peu, à refaire quelques bêtises par-ci par-là, des petites, des moins petites… Pas plus que dans n'importe quelle autre école.

Pas moins non plus.

À la fin de l'année scolaire, Arnaud nous a dit qu'il ne reviendrait pas à la rentrée. Il déménageait dans le Nord, où son père avait trouvé un travail plus intéressant.

Il a fait le faraud, comme d'habitude, le jour où il nous a dit au revoir. Il a pris une espèce d'accent qui était censé être le nôtre :

– Salut les poteaux, à la revoyure ! Ravi de vous avoir distraits…

– Tu n'as pas peur de te les geler, à Lille ? lui ai-je demandé.

– Penses-tu ! Tu veux rire ? Moi froid, jamais !

Mais il a aussitôt reconnu :

– Je te crois qu'on va se les geler !

Il n'a pas pu s'empêcher de refaire l'imbécile :

– Là-bas, en classe, on est obligé de garder ses moufles pour écrire.

– C'est vrai ? a demandé Romain les yeux brillants.

– Bien sûr ! Il fait tellement froid l'hiver qu'on enlève les portes des frigos. On les remet au printemps.

On s'est donné une poignée de main, tous les deux, comme des hommes, et Arnaud s'est éloigné. Je l'ai suivi un moment. Je voulais trouver quelque chose de drôle à lui dire. J'avais la gorge serrée, je n'y arrivais pas. J'allais faire demi-tour quand il s'est retourné. Il a vu que je le suivais. Je lui ai simplement montré le toit de l'école où on s'était baladés ensemble. J'avais envie qu'il emmène cette image en souvenir.

Alors il a lâché son sac et on est tombés dans les bras l'un de l'autre, comme deux amis qu'on était.

TABLE DES MATIÈRES

L'AUTEUR

Guy Jimenes est né en 1954 à Oran et a vécu en Algérie jusqu'en 1963. Il habite aujourd'hui près d'Orléans. Après avoir exercé à mi-temps le métier de bibliothécaire jusqu'en 2001, il se consacre pleinement à l'écriture. Il aime le suspense et l'humour et aborde aussi des thèmes historiques.
Auteur d'une quarantaine de romans, récits et pièces de théâtre parus chez différents éditeurs, il pense que les meilleurs livres sont ceux qui posent les bonnes questions et se gardent de donner des réponses.

LES ILLUSTRATEURS

Christophe Besse a adoré illustrer cette histoire et espère de tout cœur que ça se remarquera ! Au premier coup d'œil, son dessin paraît un désordre à l'opposé de sa brosse au carré. Quand on y regarde de plus près, on découvre un désordre organisé avec un soin extrême du détail, et de savoureux personnages, malicieux, insupportables, pétillants.
Christophe Besse vit près de Paris, il a trois enfants et les fenêtres de son atelier donnent sur un jardin apprécié des tortues.
Vous pouvez le retrouver sur son site :
http://www.christophebesse.com

Emmanuel Cerisier est né à Rennes en 1970. Après des études d'Arts graphiques il se lance dans l'illustration de fictions et de documentaires en 1995. Il aime la variété des thèmes qu'il aborde par son métier : Égypte, engins de chantier, pirates, Inuits, Sioux, océans, Moyen-Âge, personnages historiques…
De temps en temps, il part à la rencontre de ses lecteurs dans les écoles ou les bibliothèques. Il vit en Bretagne.

DANS LA MÊME COLLECTION

Une baleine sur la plage de Saint-Malo,
Roger Judenne.

Bleues ou blanches, créatures de rêve ou mastodontes impressionnants, les baleines nous invitent à suivre leur sillage à la découverte des mers du monde.
Onze histoires courtes pour rejoindre le large.

Les disparus de Fort Boyard,
Alain Surget.

Émilie et Jérôme passent de super vacances à Oléron, face au célèbre fort Boyard.
Un soir, au cours du jeu télévisé, trois candidats disparaissent.
Les jumeaux partent à leur recherche.

Une potion magique pour la maîtresse,
Gilles Fresse.

Mademoiselle Grisard,
la sévère maîtresse de Léo,
est devenue bizarre.
Aurait-elle goûté la potion
magique inventée
par oncle Théo ?

Zanzibar toi-même !,
Cécile Couprie
Gérard Magro.

Incités par leur père
à participer à un concours
sur une boîte de camembert,
Marge et son petit frère Mile
sont sûrs de gagner le gros
lot : un voyage à Zanzibar !
Mais au fait, c'est où,
Zanzibar ?

Retrouvez la collection
Rageot Romans
sur le site www.rageot.fr

PAPIER À BASE DE FIBRES CERTIFIÉES

RAGEOT s'engage pour l'environnement en réduisant l'empreinte carbone de ses livres. Celle de cet exemplaire est de :
121 g éq. CO_2
Rendez-vous sur www.rageot-durable.fr

Achevé d'imprimer en France en avril 2013
chez Normandie Roto Impression s.a.s.
Dépôt légal : mars 2009
N° d'édition : 5912 - 05
N° d'impression : 131208